지는 꽃이 화엄이다

지는 꽃이 화엄이다

지는 꽃이 화엄이다

윤석주 시집

문학들

많은 날들이 훌쩍 지나갔다. 두 번째 시집 『해의 다비식』 이후 사년이 걸렸다. 그동안 나는 어디서 무엇을 했을까? 자답하건데 방황과 술과 같이 놀았다. 허수아비가 되어 가을걷이 끝난 들판에 홀로 서있는 느낌이다.

모든 사람들의 명제인 죽음에 천착해 그 얼룩을 지워보고도 싶었고, 아름답게 떠날 수 있는 방법을 강구해보고도 싶었다. 허사였다.

마음의 빈 그릇만 닦다가 세월 다 보내고 어느새 석양이다. 조금은 허망하고 쓸쓸한 생각이 든다. 내 삶이 깊지 못했기 때문이리라.

얼었던 땅이 풀리고 꽃을 밀어 올리는 나무들의 숨결이 힘차다. 그 경이로움에 조용히 두 손을 모으고 위대한 자연 앞에 머리 숙여 경배 드린다.

하늘재밑 공취헌空聚軒에서
윤석주 합장

제1부

花印

봄밤, 비는 내리고

하룻밤 인연이면 되었다는 듯
목을 턱 꺾는 동백,

기억해 달라는
말 한마디 없이
빗물 따라 가는 상여 한 채.

흙벽

황토에 짚여물 썰어 넣고
흙 이겨본 적 있나요
장딴지 푹푹 빠지도록
흙의 가슴 이루 밟다보면
피멍든 황토마음이 다리 붙들고 늘어져
밟는 사람도 괴롭지요 그러나
역마살에 방랑벽 험한 마음 하나
가둘 벽이 되려면 별수 없지요
밟히고 밟혀 상처 깊은
흙 마음으로 짓는 벽은
오래도록 고통의 뿌리가 돋지 않지요

그런 흙벽 두툼한
골방 하나 그립네요 그려.

새벽 메아리

눈 오는 꼭두새벽 산길 걷는다
태초, 인간이 살기 전
설원을 걷는 것 같아
나를 따라오는 발자국이
불안하고 한편 대견하다
가만가만 어둠 톺아가는 발길에 와 닿는
원효사* 새벽 예불 범종 소리,
먼 전생에서나 들었을 법한
찬연한 그 울림!
잠든 생명들의 이마 하나하나 짚어
느슨해진 삶의 내재율을
팽팽하게 조율하는 소리의 힘,
차별 없는 은근한 말씀으로
새벽 허공에 길을 놓아 간다.

* 원효사 : 광주 무등산에 있는 사찰

지는 꽃이 華嚴이다

꽃이 철따라 피고 지듯 사람 또한 다를 게 뭔가. 태어나서 살다가 죽는 것 아닌가. 붓다의 깨우침을 한순간 생각의 산물로 치부하면 안 되듯, 나는 꽃이 막무가내 피고 진다고 생각하지 않는다. 일생에서 가장 빛나는 시기 꽃은 핀다 그리고 진다.

한 잔의 술을 들고 아무 뜻 없이 마시듯 살아지는 게 생生이 아니라고 말해버린 날부터, 밤을 새며 부릅뜬 눈으로 이야기하고 싶었던 건 무엇일까. 저 꽃이 망울을 터뜨리려 몸부림하는 것도 모르고 밝힌 밤이 얼마인가.

꽃의 설법說法을 들어본 적 있는가?

아름다운 꽃을 피우기 위하여 일상에 충실했다. 향기를 피워 벌나비를 불러들여 주린배를 채워주고, 보는 사람에게 웃음을 주는 것 자체가 보시라는 사실을 아는 것과 모르는 것 사이에서 문득 꽃은 진다.

지는 꽃잎들이 조용히 땅에 내려앉는 순간 어둡던
땅위가 환해진다. 눈 감으면서 밝히는 어둠, 꽃의 마
지막 보시다.

物情

어린애 검정고무신 한 짝이
마을 앞 개울가에 내버려져 있다
뒤틀리고 색이 바랬다
동무들과 소꿉장난에 정신 팔린
세상물정 몰랐을 나이,
철없는 부주의 탓이라 말하지 말자.
물때 낀 돌을 밟고
세상 속으로 미끄러졌듯이
아직 가보지 못한 많은 길들이 그
맨 발목을 잡아끌었을 것이다
냇물 흐름만큼 쌓인 사연들이
머릿속을 물결로 덮쳐 까마득한데
자갈밭에 코를 묻은 고무신 한 짝이
물정 모르던 어린 날 내 기록 같아
자꾸만 곁눈질해 본다.

얼빠진 놈

얼빠진 놈이란 말이 생각난다. 돌아가신 어머니가 당신 성에 차지 않는 일을 하거나 못 미더운 행동을 할 때 지천하듯 나를 향해 중얼거리던, 욕은 큰 욕인데 욕같이 들리지 않는, 사람은 사람인데 사람이 아니라는 말. 허수아비처럼 머리나 마음이 텅 빈, 사람 형상을 하고 있으면서도 제대로 사람 구실 못하는 놈, 욕심도 없고 오기도 없어 자기가 누려야 할 권리나 잇속을 챙기지 못하고 뒷전으로 밀려서 허허실실거리는, 쉽게 말해서 바보 멍청이 같은 놈, 오늘도 보증 서준 후배 빚 독촉 받고 막소주 몇 잔에 거나하여 못살겠다는 마누라 앞에서 실실 헤픈 웃음 웃는 나를, 어머니가 봤다면 혀 끌끌끌 차며 또 얼빠진 놈 했을까? 요즘은 정말 얼빠져 살고 싶다.

天眞庵*에서 하늘을 보다

누가 진짜 하늘을 보았다 하는가.

천진암에 들지 않고 진정한 하늘을 누가 보았다 하는가. 혹여 서산에 걸려 있는 저녁놀 예쁜 하늘이나, 장맛비 하염없어 허리 휜 하늘을 보고 진정한 하늘을 보았다고 말하지 말라. 법당 한쪽 벽에 사진 걸어두고 아직 명부冥府에 이름 등록하지 못한 중생들이 사바의 모든 근심걱정 내려놓고 사십 구 일을 사는 하늘. 그러다 갈 길 찾아 달도 별도 없는 그믐밤 흰나비가 되어 훨훨 날아오르는 하늘,

그 하늘, 누가 감히 天眞을 보았다 하는가.

* 천진암 : 전남 장성군 백양사 위에 위치한 비구니만 사는 암자

황조롱이

잡고 있던 것을 놓아 버리는 것
그것을 목숨이라 했다

허공에 매달린 부동의 목숨
또는 행려의 쉼표,
부유하다 사라지는 날개를 본다

어디로 가는 것일까

내려놓고 싶은
손에 들린 숟가락
숟가락 하나.

겨울 무지개

밀어처럼 속삭이듯 내리는 봄비는 정겹다. 이승의 마지막 고개를 치매와 함께 힘겹게 넘고 계신 어머니, 오랜만에 거실에서 낮잠 주무신다. 가는 코고는 소리 모처럼 한가롭다. 살아온 세월 반추하면서 어린 날 되씹는지, 무척 평화로운 얼굴이다. 외할아버지 나뭇짐에 꽂힌 참꽃 한 묶음 받아들고 또래들 앞에서 자랑하며 꽃잎 따서 씹고 있는지, 입가에 번진 연한 미소가 잔잔하다. 소파에 등을 기댄 나도 몇 년 사이 처음 본 어머니 모습에 마음 넉넉했는지 머릴 기대고 깜박 졸았다.

진눈깨비 치다가 여우비 내린 하굣길, 마을 앞산에 걸린 무지개를 보고 신기하기도 하고 이상하기도 하여 아침에 새로 입은 무명 바지저고리가 다 젖도록 무지개를 쫓아다니다가 흠뻑 젖어 집에 도착했다. 젖은 책보를 풀고 습자시간에 정성 들여 쓴 '어머니' (*다른 애들은 아버지를 썼다*)를 벽에 붙여 놓고 어머니에게 자랑하려고 했는데 책갈피에서 삐져나온 모

서리 부분이 젖어 자꾸 처지는 바람에 벽에 붙일 수
가 없었다.
　그 봄밤, 어머니는 꿈속에서 본 신기한 무지개다리
를 건너 이승의 마지막 길을 가셨고 내가 쓴 어머니
글씨가 아닌 사진이 벽에 걸렸다.

안개는 위험하다

— 망網

죽음은 모든 것을 담는 그릇이다.

사랑도 미움도 곰곰이 생각해보면 다 그리움이다. 애기똥풀 같은 그 그리움이 없다면 머릿속은 물 빠진 저수지 같다. 그 텅 빈 곳을 가득 채운 것은 안개다. 안개는 산이나 계곡만 지우는 것이 아니라 풍경이나 세상도 지우고 머릿속에 든 기억까지도 지운다. 꿈이나 동경이 지워져 껍데기만 있는 천치, 스스로 누구를 사랑하거나 미워할 수 없는 세상, 머릿속 썩어가는 냄새 진동한데 수평으로 흐르는 안개가 목을 휘감는다. 숨이 콱 막힌다.

목탁문신

늦가을 남해 금산 보리암
바다가 내려다보이는 큰 얼굴 바위 밑에
삭발한 긴 머리카락 묻었다는 그곳에서
그녀 처음 만났네

고행복苦行服 누비옷 속 가냘픈 팔뚝
목탁문신 이상해 물었지만
잠시 뜻 모를 미소 흘릴 뿐 말 없었네

스스로 소리 내지 못해
매로 자신의 몸을 때려 그
울음만으로
업장을 닦는다는 목탁,

문신으로 새겨 견디는 그 생生이
처연하게 허공 밖을 더듬네.

豫感

요즈음 죽는 꿈을 자주 꾼다. 생生이 한
구멍이듯 죽음 또한 다름 아닐 것이다.

내 어머니 3월에 죽었으니 나는 4월에 죽을 것이
다. 자식이 부모 앞에 죽으면 불효하기 때문이다. 그
렇다고 나는 효자는 아니다. 사람이 죽어 땅에 묻혀
야지 어머니 오목가슴에 묻힐 수는 없지 않는가. 어
렸을 때는 쌈꾼, 커서는 술꾼, 엄니 속깨나 썩혔는데
죽어서까지 그 까맣게 탄 속에서 어린양하면 안 되지
아암 안 되고 말고.

나도 그런 내가 미워 온몸 태우지
가슴도 태우고 마음도 태우고
그래도 답답하면 아예 입에다 불을 피우지
속을 태운 시커먼 연기 나는 거 보이지?

4월은 잔인한 달이기 때문에 많은 사람들이 부담
없이 죽을 수 있었다. 통곡慟哭에 해가 뜨고 달이 졌
다. 장송곡을 들으며 잎이 피고 꽃이 졌다. 그리고 해
질녘 초라한 포구의 낡은 목선木船처럼 4월은 저물어

갈 것이다. 결국 이 세상 4월이 사라지고 나도 다름
아닐 것이다.

正二品 松

나무는 없고,

허우대 멀쩡한 벼슬 가진 어떤 놈이
거드름 깨나 피우며 사는 줄 알았다

그 희희낙락하던 세월이 고스란히
나를 옥죄는 영어의 날들이란 것을

풍 맞고 반신불수되어
철제 틀 속에 갇혀 수간주사 맞으며 알았다

나는 너무 오래 나를 잊고 살았다.

삶, 素描

말바우 시장 좁장한 길모퉁이
저 노파 무엇을 그리려고
좌판을 펴고 있는지
나는 알 것 같네

오늘도 해가 뜨고
가고 오는 사람 등쌀에 밀리면서
절대고독, 한 생애가 저물어 밀리면서
무슨 색色으로 무얼 그리려는지
나는 알 것 같네

악다구니 삿대질 질펀한 저잣거리
호구戶口는 무거운 짐, 종시 눈물이었네
저 노파 좌판 위에 피고 진
목쉰 한 생이 무엇을 남길 것인지
나는 알 것 같네

왼 손

– 봉평에서

아무리 고개 들어 둘러봐도
보이는 것은 산 그리고 하늘.
빈 마음에 짚신 두어 켤레 다 닳도록
깊어 가는 가을 속을 걸어걸어
젊은 나이에 세상과 담쌓고 사는
가산可山형 찾아 봉평에 들었네.
봉평 둘러싼 산허리가 온통 메밀밭
하여, 메밀꽃 필 무렵은
낮보다 밤이 더 아름다운 곳이라고
달빛 고고한 주막 평상에 마주 앉아
가산可山형 목청 돋우는데
메밀전병 또랑새비 안주에 주거니 받거니
밤새 마신 탁배기가 두어 말,
새벽녘에 보니
가산可山형 왼손에 술잔 들려 있었네.
나 그 잔에 잊었던 가산점 하나 찍네.

낡은 배낭

     – 도반

    방 한쪽 구석에 쪼그리고 앉아 있는 낡은 배낭에서
는 내가 잠든 한밤중이면 각혈하듯 울컥울컥 토해내
는 것들이 있다 잠결에 너무나 또렷하게 들리는

새소리 물소리 바람소리 빗소리 파도소리
소백산 민박집 군불 때는 노부부 매운 기침소리
욕지거리 질펀한 속초항 멀미나던 비린내
서해안 해질녘 장관이던 가창오리떼 군무
겨울초입 이끼만 무성한 인적 끊긴 암자의 풍경소리
남해안 선술집 주모 한 서린 육자배기 한가락
계절이 왔다가는 길목에서 주워 담은 잡다한 사연들

    세상 떠돌며 망가지고 더러워져 볼품없지만 많은
날을 함께했던 길동무다 이제 나이 들어 더는 함께
먼 길 떠나지 못하지만 지금까지 같이 해온 날을 반
추하듯 조용한 밤이면 이야기보따리 조심조심 풀어
놓는다.

봄빛 노점상

설 명절 지나 며칠 날씨 포근하더니
말바우 시장 도로변
나이 지긋한 촌 아낙 서넛
나란히 봄빛 노점상 차렸다
아직도 겨울바람이
칼을 든 두억시니처럼 달려드는
스산한 거리
마대포대 깔아 좌판 만들고
참으로 힘겹게 한 시절 버텨온 것들!
바구니 가득가득 담았다
나숭개 싸랑부리 장구재비
달래 층층이나물 곰방부리 자운영
아지랑이 피어오르듯 입맛 다시게 한다

봄나물 흥정하던 노파의
쭈그렁 젖가슴이 일순 팽팽해진다.

제2부

목탁망치*

그러니까 그의 손에 들린 것은
매를 맞아 소리를 내는 목탁이 아니라
속 빈 나무망치가 아니라 자신을 때리는 매였다
아니 마음을 때리는 또 하나의 자신이었다
스스로 소리 내지 못해 매를 맞아 업장 닦는 목탁
그 목탁 스스로 매가 되게 하여
죽은 나무에 불성을 심어
깎고 파내고 피를 돌게 하는 그의 목탁매질은
목탁이 아니라 망치가 아니라
목심木心 파낸 자리 꽉 채운 그의 불심일 것이다.

망치소리 날 때마다
형상화되어 가는 관음상觀音像!

---

* 목아木芽 박찬수 : 중요 무형문화재 108호 목조각장 조각할 때 목탁
  을 망치로 사용함

네 곁에서 길을 잃고 싶다

- J에게

기다려도 오지 않는 것과
기다리지 않아도 돌아오는 것이

얼음 풀린 강가에서
오도 가도 못하는 철새처럼 가슴만
쓸어내리고 있다

나는 너로부터 멀어지고
너는 또 내 가슴을 파고들어
너나 나나 겨울강처럼
꽁꽁 얼 수밖에는 없을 터인데

강도 나도
더 이상 얼어 있을 수만은 없어
버들개지를 깨우는 봄바람에
녹아 흐르는 가슴이 되는

사랑아! 지금은
네 곁에서 길을 잃고 싶구나.

시인의 辯

봄꽃이 한창이다

춥고 지루한 시간 견뎌온 끝, 저리 화사하고 눈부
시다

내 시詩나 생生의 끝도 저랬으면 좋겠다

기억은 단련되지 않는다

― 시인 k에게

세월 속에 삭지 않는 정情 하나
망우초 새순처럼 불쑥불쑥 튀어나와
봄날 한 때를 서성이는 것을
꽃샘바람 이는 가슴에 다시 묻을 수 없고

독하고 슬픈 기억은 비탈 같아서
늘 한쪽으로 나뭇가지를 뻗게 하듯
생각하고 싶지 않는 오래 묵은 사랑이
불담 없는 생나무 한 토막처럼 가슴속에
오래도록 매운 연기만 피워대는데

육화되지 못하고 떠돈 그것, 이 봄
눈물로 펑펑 쏟아내 버리고
고사목이 되어 긴 잠에나 들고 싶다.

첫 마음

그녀의 조용한 숲에
가만히 손 넣은 어느 봄날
반항도 없이 오들오들 떨고 있는
아직 햇빛 한번 들지 않는
그 수풀 사랑스럽고 한편 가여워
디밀었던 손 슬며시 거두었던

그녀에게 마음 뺏겨
내 한평생 사는 것이 홍역이었다
바쁘게 산다는 핑계로 잊고 싶었지만
낙엽지는 밤 커피 생각나듯
술 한 잔에 머리보다 가슴이 먼저 기억하는

나이 먹고 세월 흘러도
차마, 누구에겐가 말하지 못할
나 죽어 하관 때 같이 묻혀갈
그 마음.

들 菊

- 김봉수 교수에게

하늘에만 사는 별들도 때론
개똥 쇠똥 뒹구는
냄새나는 인간세상이 그리운 것이다

비 오는 봄 밤
동구洞口 밖에 떨어진 별들
똥 밭에 몸을 묻고 한세월 견딘다

몇 계절 버티고 살다보니
냄새나는 똥밭도 제집 같아
온 가을들판이 꽃별로 환하다.

눈 속에는 감옥이 있다

눈 덮인 산 오른다 사방이 온통 흰색이다 세상이
흰 옥양목으로 펄럭이고 나는 그 속에서 청맹과니다
나이 들면 세상이 보인다고 하는데 어불성설이다 뭘
보고 어떻게 안다는 것인지 냄새 맡고 맛을 보고 만
져 보고 느껴 봐도 모르는 것 지천인데

특히 무형의 것들! 마음이나 시간이나 어둠은 왜
존재하고 죽음은 무슨 색色인지 내가 가는 길 끝에는
무슨 빛이 빛나고 있는지

나이 들어 가끔, 아주 가끔 주위를 살펴볼 여유도
생겨 안목이 깊어졌나 싶었는데 눈眼이 절벽이다 눈
이 나를 꽁꽁 옭아맨다 눈이 감옥이다 눈을 가진 몸
이 눈 속에서 죽어가고 있다 보고 안다는 것 역시 어
렵다 눈이 나를 가둔다.

相生律法

산山 주인은 나무지만
정작 주인 행세하지 않네

오만가지 풀들과
오만가지 나무들이
차별하지 않고 어울리며 사네

중용中庸을 읽었을까?

그렇다고 나무는
현자賢者도 아니고 백치白痴도 아니네

人形의 꿈

– 필리핀에서 시집 온 랴냐에게

땀내 나는 사람과 함께 웃고 싶다

꽉꽉 막힌 편견 깨뜨리고
달리기 선수처럼 거친 숨 몰아쉬며
새벽을 밟고 사람들 속으로 달려가고 싶다

용기 없는 것들은
스스로 벽을 만들어 그 속에 안주하며
실실 헤픈 웃음만 파는데

사방 벽을 허물고
낭떠러지 벼룻길 넘어

종일 땀 흘렸던 가난한 사람 품에 안겨
실팍한 웃음으로
피곤한 하루 달래주고 싶다

生

방향을 바꾸면 길은 많다 어느 길이
옳은 길인지 가보지 않고서는 모른다.

정답 없으니 머리 싸매고
평생 고민 좀 해보라는 말씀인가

아니
고민고민 하다가 결국 한번은
철저하게 미쳐 보라는 말씀이겠지?

耳鳴

내 마음밭 일구던
네 호미질소리 그치고

묵정밭 가슴 스치는
무심한 바람소리

깊은 밤
문풍지 울음 사이사이
다가서는 발자국소리, 소리.

단풍나무

웬 기녀인가 했다

철들지 않는 바람 같은 사내들이
화주를 먹이고
얼마나 핥고 주물렀는지

온몸 화끈 달아올라
걸판지게 한바탕 놀고 나더니
속옷까지 벗어버리고

오르가즘 지난 쓸쓸함으로
맨몸뚱이 가릴 생각 않고
손부채질만 해대는구나

일용직 k씨 독백

– 우화羽化를 꿈꾸다

종일 발품만 팔고 빈손으로

반 지하 계단 더듬대는 날은 죽음을 생각했다

사는 일 마음대로 되지 않는 것처럼

죽는 일 또한 쉽지 않으리라는 것을

노가다 판 뛰는 놈이면 다 안다

그런 날 밤은 꿈자리마저 뒤숭숭해

죽은 어머니 할아버지가 보이고

마누라는 죄인이 되어 어디론가 끌려가고

허기진 새끼들 바짓가랑이를 잡고 늘어졌다

악몽에 온몸이 식은땀으로 젖는 밤

힘들게 걸어왔던 어지러운 땅의 내력을

하나하나 되짚어야 했다 누군가 보이지 않는 손이

삶의 고삐를 쥐고 종주먹 대며 잡아당길 때

막무가내 끌려 갈 수밖에 없었던

등짐 진 생生의 무게 때문에 머리 쥐어뜯었다

그런 어느 날 문득, 가진 것 없어야 가볍고

가벼워져야 쉽게 하늘을 날 수 있다는 생각을 했다

땅보다 하늘이 더 넓다는 사실도 그때 알았다

문신

앞산 어깻죽지

옷 찢겨져 맨살 드러낸 절개지

봄바람이 새겨 놓은

앉은뱅이꽃 두어 송이.

제3부

꽃구경 시켜달라더니

어느 시인이 노모를 모시고 고향 언덕으로
꽃구경 다녀왔는데 그렇게도 좋아하는 모습
처음 봤다고 소주잔 앞에 놓고 울먹인 걸 보았다.

어머니, 당신은 가고 없어도 올해도
고향 언덕배기 화전터에 살구꽃 만개했네요
눈부신 꽃빛 속 당신의
수척한 얼굴 슬프게 웃네요
마지막 꽃구경이나 한번 시켜달라고
어린애처럼 떼쓰고 조르시더니
나무들 웃는 얼굴 보지 못하고
저물어버린 세월 속에 묻히신 당신

다시금 꽃피는 봄날
지금도 어딘가에서 또 누구에게
꽃구경 시켜달라고 졸라댈 당신 생각나
꽃그늘에 앉아 담배 한 대 피워 물고
우두망찰 먼 산 바라보는데
눈자위 촉촉이 젖어드는 건
매운 담배연기 탓만은 아닐 거네요

밤차를 타다

꿈이 쇠어 더는 채울 것 없는
빈 가방 하나 들고 밤차를 기다리네
담배연기처럼 사라진 지난날
선술집 막소주 한잔으로 달래며
퀭한 거리에서 밤차를 기다리네
새벽차를 기다리며
목적지를 찾아 우왕좌왕했던
지난날은 그래도 아름다웠네
개망초꽃 무시로 피던 흙먼지 뽀얀 고향 길
자꾸만 멀어지던 새벽차 속의 내일은
아름다운 꽃으로 필 것 같았네 그러나
뭐라고 설명되지 않는 지난날의 삶은
우기雨期의 질척거리는 저자거리에서
온몸 던져보았지만 이루어지지 않았네
남들은 그게 인생이라고 말했네
세월, 썰물처럼 빠져나가고
뻘밭 같은 밤거리에서 밤차를 타고
어둠 속으로 가네

어둠만이 못난 내 생生 감싸줄 것 같네.

다시 늦가을 들판에서

가을걷이 끝난 들판에 서서 바람 불어오는 쪽 바라
본다 그 곳에 노거수 한 그루 우두망찰한다 가지 절
반은 죽어 저승에 걸쳐 두고 절반은 시름시름 앓으며
어둠이 내리는 석양을 응시하는, 살아온 날만큼 회한
도 많아 몸피에 덕지덕지 검버섯 달고 불어오는 바람
온몸으로 맞으며 내가 맡았던 생生의 배역은 여기까
지라며 어둠에 몸 내맡긴다 너무 당당하다.

손톱 밑에 든 작은 가시 하나가 내 몸을 깨운다 석
양을 아름답게 하기 위해선 욕망의 구름을 걷어낼 일
이다.

울지 마*!*

앞으로 10년 지금상태로 방치하면
농촌은 황성옛터가 될 것이다.

울지 마*!*
그렇게 말하면 나오던 눈물이 멎던가.

때 아닌 폭설로 농사 망친 농투성이 찌그러진 비닐하우스 넋 놓고 바라보는 축 처진 어깨와, 모처럼 고향집 찾아온 외아들 손자 실은 차가 떠나버린 텅 빈 고샅길 돌담모퉁이에서 눈물 훔치는 노모의 쓸쓸한 모습과, 부모 이혼하고 갈 곳 없어 시골 할매 집에 맡겨진 다섯 살 계집애의 퀭한 눈망울, 요즘 내가 자주 만나는 내 이웃들이다. 나는 그 사람들만 보면 마음늘 안쓰러워 눈가에 축축한 물기가 돋는다.

그래 울지 마*!* 참고 살다보면 좋은 날도 올 거야. 그렇게 말은 하지만 어디 사람살이가 그렇게 간단한가. 위정자들 하는 꼬락서니를 보면 제 배 불리기에만 혈안이 되어 나랏일은 뒷전인데, 희망은 무슨 희망, 농촌 다 죽어간다고 해도 어느 놈 눈 하나 깜짝

않는데 무얼 믿고 언제까지 기다리나. 울지 마, 내가
누구에게 무엇이 될 수 없다는 자괴감으로 또 하루가
간다.

하늘재밑 옛집

‑ 산중山中일기 3

어린 날 우리 집 자랑이던
주렁주렁 살구나무는 죽고 없어도
신맛에 침 흘리던 유년 속에 살아 있어

밑 터진 중우 입고 고추 달랑거리던
철없어 행복했던 여섯 살이
장마철 점령군 같은 잡풀 속에서
불쑥 고개 쳐들던 곳

나 이제 그곳으로 돌아가,
세월 견디려 꽉꽉 조였던 나사螺絲
천천히 풀면서 생生 마감하리.

머위 밭 풀을 뽑으며

— 산중山中일기 4

어머니 떠난 뒤 빈집에 혼자 살면서
뒤란 머위 밭 무성한 잡풀 뽑는다

잔잔한 실바람에
꽃잎 하나 떨어져도 서러운데
잡초라고 마구 뽑아놓고 담담할 수 있다니!

땅속에서 문을 열고 걸어 나와
호미 날에 찍혀 생피 흘리는 어머니 환영幻影이
뿌리 뽑힌 잡초 신음소리만 같아

뽑은 풀 손에 들고 망연히
서천西天 우련우련 우러러보는 봄날
무엇이 그리 마음 오래 잡아 두는가

잊어버린 그림엽서

이랴, 끌 끌 끌
밤새도록 소 몰아 쟁기질하는
장가 못간 노총각 머슴 소 모는 소리
달무리 진 초여름 밤
소소한 고향 언덕배기에 앉아 듣는다
머리 위로 손 내밀면 앵두처럼 잡힐 것 같은
별들 어디로 가고 찔레꽃만 무더기 무더기로 피어
괴괴한 밤 소복하고 향 지펴 초혼하듯
떠나간 머슴새 넋을 부르는

살아서 단 한 번도 마을 벗어난 적 없는
죽어서는 어디를 어떻게 떠돌다가
차마 시장기 때우던 쑥버무리 못 잊었을까
망종 무렵 해 설핏한 저물녘,
고향 논배미 찾아든 나그네 가슴에
단장斷腸하고 대못을 치듯
이랴, 끌 끌 끌
밤새도록 소 몰아 쟁기질한다.

秋夕前夜

- 산중山中일기 6

살기 좋아진다는 이 천 년대 해방 전후에
태어난 세대는, 부모에게 효도하는 마지막
세대이고 자식에게 버림받는 최초의 세대다.

칠월 윤달 막바지에 큰아들 내외가 수의壽衣 한 벌
부쳤다며 건강하니 오래오래 살라고 올 추석은 바빠
서 못 내려온다고 전화왔단다

남편 보내고 아들 형제 품에 안고 깔크막 세월 근
근이 버텨온 생生의 끝자락에서 이렇게 팍팍하고 외
로울 수 있느냐고, 낮은 처마 밑에 불 밝혀 놓고 대명
절인데 행여나 하며 오지 않는 아들 손자 기다리는
이웃집 옥산댁 풀이 죽어 얼굴의 주름골 오늘따라 더
깊어 보인다.

요즈음 산골 고향마을은 새 고려장 터다.

징헌 놈의 세상

- 산중山中일기 7

한마을 살던 당골은
잡귀가 들었으니 굿을 해야 한다고
할머니께 부적을 써주고 열변 토하다 갔다
열흘 앓던 내가 자리 툭툭 털고
토방에 나와 해바라기하던 초여름
아랫마을 동갑내기가 먹을 것 없어 배 곯다가
부황 들어 죽었다
어머니는 풋보리 삶아 덕석에 널고
할머니는 소쿠리 가득 쑥을 다듬으며
징헌 놈의 세상 탓을 했다
반세기 흐른 지금
세상 많이 좋아졌다고 하는데
없는 사람 살기는 마냥 그때 그대로다.

남 말 하듯

- 산중山中일기 8

> 죽음이 아름다운 것은 말이 없기 때문이다.
>
> 쇼펜하우어

불쌍해서,

그냥 불쌍해서 돈 좀 쓴단다.

천륜이 썩은 새끼줄 같아

병들어 아파 죽는다고 전화해도

바쁘다고 살아생전 찾지 않던 아들놈이,

지 어매 죽어

없는 살림에 고생고생하며 살았다고

그래 불쌍타고 돈 좀 쓴단다.

영정사진 이백만 원

수의 삼백만 원, 석관 사백만 원

음식도 최고 비싼 걸로 주문했단다.

아들 잘 둔 덕에 죽어 호사한 거라고

몇 안 되는 마을 조문객 앞에

남 말 하듯 거드름 피운단다.

세상이 변해도 너무 요상하게 변했다.

느자구 없는 호로 상놈의 자식!

사망신고

사람 일생이 그렇게 하찮은가
잘 살았든 잘 못 살았든 애증의 진피 삭이며
박음질하듯 살았던 한평생

그 평생 무드기를 지우는 일이
마당 쓰는 일보다 더 쉬운
몇 줄 기재사항을 적은 신고서 한 장이라니

떠나보내며 자식 가슴에 묻은 것들은
촛불처럼 흔들리며 흔들거리며
가물가물 자꾸 되살아나는데

무슨 업장業障인가
생과 사로 나뉘어 연을 끊어야 하는
봄날 오후가 암전暗轉같이 막막하기만 하다.

하늘재* 가는 길

늦가을 마음 둘 곳 없고 괜히 허전하여
하늘재 넘어 관음사觀音寺 관음보살 찾아가시려거든
꼭 지나야 하는 유명인 호號같은 마을이 있네
목젖까지 차 오른 욕심 송강松江에 던져버리고
가벼운 마음으로 휘적휘적 걷다보면
처마 낮은 집들 옹기종기 등을 맞대고
병아리 물먹듯 사는 운교리雲橋里.
신선이 된 기분으로 구름다리 위에 서서
고개 들어 하늘 바라보면 구름 위에
청죽靑竹이 기지개를 켜는 고개 밑 죽산竹山마을.
댓잎 같이 푸른 마음으로 사는 사람들이
자식처럼 키우는 사과나무에 주렁주렁
갈 빛에 더욱 붉어 지상천국 따로 없네.
이쯤에서 팍팍한 다리 쉬고 싶으면
우물 옆 공취헌空聚軒** 들러 텁수룩한 주인과
우전차雨前茶 놓고 마주앉아 세월 얘기나 하다가,
초발심 아늑한 산자락에 이르러

밑도 끝도 없이 하늘가는 길 물으면

머리 하얗게 저문 노파

대소쿠리 가득 고들빼기 캐다가 가리키는

저승꽃 푸른 손끝만

쉬엄쉬엄 따라 가시게나

* 하늘재 : 곡성군 겸면 소재 필자의 고향 뒷산
** 공취헌 : 필자의 고향집

그해, 겨울밤

낙향해서 처음 맞는 겨울은 그리운
것들 삭이지 못해 온밤을 뒤척였다.

감나무 가지 끝에 언 달이 매달린 밤
군불지핀 나무 검은 뼈가 해골처럼 쌓여가고
나는 아랫목에 누워
건성으로 책장을 넘기며
문풍지 울리며 스쳐가는 바람의 행로를 읽었다
봉창에 걸린 가죽나무 검은 그림자
불러들이고 싶었지만 방이 너무 좁았다
바람이 가끔 강냉이 튀밥 같은 눈송이를 데려다
텅 빈 마당을 채워주고 갔다
나는 그것을 사랑이라 믿었지만 오래가지 못했고
내 사랑은 간절한 만큼 늘 환지통을 앓았다

그해 겨울밤은
일상이었지만 치통처럼 견디기 힘이 들었다.

장사꾼 문법

결코 어려운 건 아니다 장사는
물건 사고파는 것 아닌가

물건 싸게 사서 비싸게 팔아
이문 많이 남기면 장사 잘한 것이다

말로는 그렇게 쉬운 것을
삼십 년 동안 해 왔는데 아직도
좌판 신세 못 면했다

오늘도
그 쉬운 걸 배우기 위해
말바우시장 도로변에 좌판을 깐다

까치밥

허공에 매달린
목숨 하나!

석양에 임종 맞아
낯빛 더욱 붉은데

조장鳥葬 기다리는
하루가
천년 같구나

제4부

墓碑銘

나 떠난다

새 별에 새살림 차리려고

공동묘지에서 석양을 읽다

산비탈 옹기종기 모인 낯선 마을
고샅길 느릿느릿 걷는다 한평생 걸어
풀씨처럼 떠돌다 도착한 곳이
이곳 산마을이라면
세상 어느 구석구석을 기웃대다가
지친 걸음 간댕이는 얼굴로 찾지 않을까
생전, 굴뚝 없는 마을은 찾지 않을 것처럼
요밀하게 세상 버텨온 그 어깨
짊어진 삶은 옹구짐이듯 위태위태했지만
느슨해진 나사를 조이듯 한번도
내려놓을 생각 안했다 그렇게 세월 흘러갔고
눈앞에 한낮 기울어 석양이 저긴데
어둠이 아가리 벌리고 앉아서
도무지 갈길 내주지 않으니
내 그림자 산빛 어둠 속으로 숨어들고
시들어가는 무덤의 풀숲에서 내생의
참나무 숲 둘러쳐진 낯선 마을 보인다
꼬불꼬불 돌아 들어간 그 마을 초입에서

석양을 바라본다 타는 노을 뒤에 숨어
명부冥府에 이름 올리는 내 모습 보인다.

그림자만 울고 있다

딸깍! 목숨이 정전되는 순간, 천천히
육신을 벗고 일어서는 그림자가 있다.

비도 오지 않았다
북망산北邙山 가는 길은 단조롭고 비좁았다
단애의 길을 따라 희미한 빛이 뿌려지고
머리가 반백인 사내
생生이라는 그림자는 벗어두고 천천히
그 길 가는데, 갑자기 길이 구부러지고
이승이 보이지 않았다 애들아 마지막 외출에
비록 통곡은 아니더라도
가벼운 흐느낌 정도는 아끼지 말아야지
하지만 아무소리도 들리지 않았다
감자꽃 빛깔의 사내 처음 가는 그 길이
낯설지 않은 것은
전생에 고라니로 그곳에서 살았기 때문일까
생의 저자에서 동분서주했던 지난날이
지전 몇 닢으로 남아
그의 지나온 삶을 변명해준다 해도, 그야
주머니 없는 옷 입으려면

꼭 벗어야 할 짐인 것을
거기, 아직도 그림자만 울고 있다

허공이 궁금하다

지구를 이탈한다는 것이 꼭
죽음을 의미하는 것은 아닐 것이다

허공, 그것도 파란 가을하늘
그 깊이가 얼마일까 가늠되지 않는 날

풀씨가 바람 타고 유영하듯
나도, 지구를 뛰어내려
알 수 없는 허공 속을
심장이 멎을 때까지 달려 보고 싶은 것이다

아무도 살지 않는 그곳에
살림집 하나 차려 보는 것이다

11월의 바람

지석강 갈대를 흔드는 바람은
떠나온 곳에 미련을 두지 않는다.

길 위 한뎃잠에 어깨가 시리다

생生은 내게 많은 길을 걷게 했지만

빈손이다 감출 것 없어 다행이지

반추할 사랑이 없고 두고 갈 그리움도 없다

치부책 같은 추억 몇 편이 고작이다

바람은 밀어주고 끌어주고 그렇게

생生과 사死의 경계를 계절처럼 넘어가는데

순환의 노정에서 정처 없기는

바람이나 나나 매한가지일 터

破墓 자리에서

봄볕 따사로워 소태나무 새잎 돋는데

죽음을 생각했다 이런 날 아무 생각 없이

눈감을 수 있다면 그것도 행복이겠지

종점 가까이 가버린 생生의 끝자락에서

인연의 끈 놓지 못함은 하나의 손사래일 뿐

죽음으로 건너가는 다리 앞에서

미련은 행려병자의 마지막 말씀 같은 것일 게다

파묘破墓 자리에 혼자 앉아

싸 온 김밥 질겅질겅 씹으며

죽어서도 좋은 자리 찾아 떠난

여기서 옮겨간 그 사람을 생각했다

정말 자기가 바라던 좋은 자리 찾았을까

말벗 있어 외롭지 않고 맘대로 먹을 수 있는

눈물 나지 않는 자리 찾아갔을까

떠난 사람이 두고 간 마음인지

오래 삭인 슬픔 같은 것들이 흥건히 배어 나와

앉은자리가 척척히 젖는다

세는 것이 무섭다

참 많이도 세며 살았다.

걸음마부터 세기 시작해서
제대 날짜 달력에다 X자하며 세고
결혼 날짜 혼자 빙그레 웃으며 세고
직장에서 손가락 쥐나도록 돈다발 세고
어머니 보고 싶어 제삿날짜 세고
비오는 날 짚시랑 속살대는 빗방울 세다가
마음 심란하여 소주병같이 세다가
내 곁 떠난 여자들
한 잔 한 잔 이름 붙여가며 세고
세고, 세고, 세고, 세고
세는 것이라면 평생 지겹도록 해왔다.

되(升)로 세나 말(斗)로 세나
다 한 자루 속, 삶의 숙주인데
밥그릇이나 세며 죽음 기다리는 지금
이제 세는 것이 무섭다.

그날이 오면

해마다 그날이면 동구洞口 서성이는 여인이 있다

죽은 날을 몰라 태어난 날 제사를 지내는
이율배반二律背反이 있다 황당한 일 같지만 곰곰이
생각해보면 생生과 사死가 하나 아니던가

길가다 허방 디뎌 넘어진 사람이 어디
내 남편밖에 없겠냐고 마을 사람들한테는 넉넉했
지만
본인 가슴에는 정작 응어리로 남아
확실치도 않는 날 제사지내면 귀신도 몰라서
어디 물밥이나 얻어먹겠냐고
(남편은 6·25때 강원도 전투에서 행방불명됨)
죽지 않고 살았으면 생일상 받는 셈 치면 되지 않
겠냐고
집안 어른들 다 모아 놓고
생일상을 제사상으로 바꿨는데

해마다 그날이 오면 접신接神한 듯
마을 앞 키 큰 포플러나무 밑에서 서성이는 여인
그 기다림이 끝났는지 올해는 보이지 않는다

유복자 아들 그녀 제삿날
생일날 모셨던 아버지 제사도
같이 모신다는 후문이 있다.

어둠의 혀

산골마을은 합법적인 새 고려장 터다. 21세기
황금만능 세태가 낳은 비극이 그곳에 존재한다.

산그늘이 마을의 어깨를 덮자
곧 어둠이 몰려온다는 것을 아는 노인이
굽은 허리를 곧추세우며 서쪽 하늘 올려다본다
만장처럼 붉게 타고 있는 노을
저 노을 쓰러지면 어둠이 혀를 날름거리며
십여 호 마을과 사람들을 먹어 치울 것이다

영영 어둠에 먹혀 잔기침소리 끊어지고
잡초만 키운 집이 몇 채던가

염마졸 같은 어둠이 무섭고 밤이 무섭다
지난밤 조도도 없이 어둠에 먹힌 이웃집 노파
자식들이 짐짝처럼 싣고 가 화장해 강물에 뿌렸다
던가
노인도 이곳 떠나면 다시
탯자리인 이곳에 돌아오지 못한다는 것을 알까

한쪽 너새 무너진 스레트집 노인을 기다리는 것은
오래된 라디오뿐 숨 쉬는 것은 아무것도 없었다

쪽마루에 적막처럼 앉은 노인
고려장이 따로 없었다
내다 버리진 않았지만 버려진 건 부인할 수 없었다

이제 곧 어둠이 먹어 치울 것이다.

빈집, 비 오는 날 창문은 잠그지 마라

비가 오고 있었다.

어머니 새로 이사 간 집 둘러본다. 문도 없고 창문도 없어 바깥 구경 못하니 갑갑하겠지만 도둑 걱정은 없겠다. 한평생 걱정만 하시다 가셨는데 한걱정 더니 마음 좀 편하실까.

꼭꼭 걸어둔 대문 고리 벗기고 마당에 들어서니 비 워둔 방에서 어머니 어두운 목소리가 들려왔다. 문이 잠겼는데 어떻게 들어오셨지? 창문에 어린달팽이처럼 달라붙은 빗방울의 말씀들 방안만 기웃거릴 뿐 들어오지 못하고 오종종 떨고 있다. 저승에서 오랜 시간 날아와 열리지 않는 빈 방안 바라보다 그래 말씀이라도 남겨 둔 거지.

무왕불복無往不復이라던가 말씀으로 떠돌던 어머니, 문을 열자 두런두런 내 가슴의 집으로 들어와 아들부터 챙긴다. *잘 있냐고? 아직도 술 마시냐고?* 속세는 버렸어도 인연의 끈 놓지 못한 천륜이 비 오는 한나절을 흥건하게 적신다.

십이월 삽화

친구는 꽃 속에서 덤덤한 얼굴로 있었다
머물다 갔든 잠시 스쳐지나갔든
이승에 왔다 간 건 그래도 인연이었다는 표정이다
"쨔식 뭐가 그리 바빠 며칠만 참았으면
저 오던 해에 떠날 수 있었을 텐데"
시끌벅적한 장례식장 한구석
술상 앞에 놓고 풀죽은
검은 넥타이 서넛, 말이 없다
눈물도 곡소리도 육신 떠난 영혼
다시 불러올 수 없다는 것을 알고 있어
꼭 한 번은 그 길 가야 하는
그 앞에 다만 침묵할 뿐인데
"먼 길 밥이나 많이 묵고 가라!"
창밖엔 사자밥 지을 쌀눈이
소리 없이 내리고 있었다.

죽음

길동무 없이 가야 하는 그 길이
또 하나의 세상을 여는 길이다.

길 가다 느닷없이 너 마주친다 해도

하나도 두렵고 무섭지 않다

술잔에 소주 따라 마시듯

담배 물고 불을 붙이듯

너 또한 내 몫이니

자연스럽게 너를 받아들이리라

편의점에서 물건을 사고 셈을 치르듯

볼 일 보고 그곳을 떠나듯

그것이 순리라는 걸 난 잘 알고 있다

산그늘 짙은 세상에 와서

그 그늘,

억지로 벗어날 생각 안했다.

어떤 유서

공취헌空聚軒 앞 늙은 감나무 죽은 줄 알았더니
올 봄 잔가지에 펜촉 같은 새순 피웠다.

말 한마디 없이 떠난 줄 알았다
(알아듣지 못하겠지만)

검버섯 다닥다닥 붙은 둥치 썩어 부서지는 걸 보며
혼자 감당할 수밖에 없는 생生의 쓸쓸한 모습, 눈물
핑 돌았다

백 년 살든 천 년 살든
결국, 돌려줘야 하는 게 목숨이던가

말라가는 육신 가슴팍 후벼 파
마지막 가는 길 허공에 유서 쓰듯
새순 몇 가지 피워내
한 몸에 생生과사死 아우르는 당신, 대단하다

언감생심, 나도
한 해만 그렇게 살다 가고 싶다.

紅柿

눈요기나 풍경으로 남아 있고 싶지 않았다

썩어 없어질 몸 구천九泉을 그리워했다

더 사는 건 형벌, 제상 위 희로애락喜怒哀樂이여!

독해되지 않는 세상

땅 위에 살든 땅 속 묻혀 살든
이유야 어떻든 오랫동안 못 보면
궁금하다 그래 보고 싶다
(요즘 살기 힘든 세상이다 보니 더 그렇다)

노동과 매혈 굶주림과 짠 눈물로도
독해되지 않는 징헌 사람살이
그래, 자살도 삶의 한 방편이라고
가보지 않는 길도
또 하나의 삶으로 연결된 길일 거라고
단검 날 세우듯
젊은 날 길 떠났던 선배 시인

잡풀에 갇힌 손바닥 만한 묘비에 소주 부으며
그쪽 세상은 잘 읽혀지는지
시詩값은 이곳보다 나은지
그래저래 살 만한지 안부 물어본다.

고독한 華嚴의 前奏

김규성(시인)

윤석주 시인이 요사채의 고독한 산고를 마무리하
는 제 3 시집의 발문을 거들기로 하면서 한 가지 특
별 주문을 받았다. 흔해 빠진 문어체 호칭인 '시인'
을 빼고 그냥 '석주 형'이라는 평소의 구어체 호칭을
사용하라는 전갈이었다. 시와 동떨어진 성동격서식
의 현학적 주석이나 주례사 평에 치우치기 쉬운 시평
을 삼가고, 시에 앞서 그 시를 낳는 "사람"을 먼저 다
루어야 하지 않겠냐는 오랜 소회의 일단이었다. 그것
은 대개 "시"와 "사람"이 일치하지 못하는 시단의 타
성적 표리부동을 향한 경고이자, 석주 형 스스로에

대한 준엄한 경계이기도 했다. 하여, 발문이야 어디까지나 그것을 쓰는 자에게만 허락된 신성불가침의 권리이지만 그 우직하게시리 골틀리는 속뜻에 쾌히 따르기로 했다.

석주 형이 이순의 문지방을 넘어선 자신을 스스로 위리안치 중인 공취헌空聚軒을 찾아가는 길목에는 자그마한 개천이 있다. 개천이라야 단비 뒤끝에 겨우 흐르는 시늉을 하다가 평소에는 거의 바닥을 드러내다시피하는 전형적 유황 불안정 하천이다. 그럼에도 그 곁을 지날 때마다 각별한 기운을 음미하곤 한다. 이름이 단사천이어서이다. 미처 유래를 물어보지는 못했지만 그 이름을 표지석에서 발견하는 순간 아찔한 전율을 느꼈다. 벼락 치듯 단사천斷思川이라는 이름 뜻이 떠올랐기 때문이다. 그 후부터 더는 사족이나 잡설에 그치고 말 부질없는 이름 속을 캐려고 들지 않았다. 그렇게 혼자서 치르는 명명식命名式(혹은 개명식改名式)인지는 모르지만 누가 뭐래도 그 하천은 단연 단사천斷思川이었다.

단사천斷思川! 무심의 경지를 이르는 상징 중에 그보다 더 압축적이면서도 적절한 표현이 있을까. 시종 강이나 바다를 의식하지 않고, 거기 이르는 동안 거치게 될 무수한 변화와 장애도 아랑곳없이 무작정 허심탄회하게 흐르는 개천이야말로 숫제 화두를 가지고 노는 선승의 진면목에 다름 아닐 것이다. 그러니 들짐승, 청개구리, 풀벌레의 고음은 운다고 하면서도 한사코 저음으로 속삭이는 시냇물 소리는 노래한다고 하지 않는가. 그처럼 시간과 공간이 혼연일체 되어 연주하는 화음은 자고이래로 한결같지만 아무리 들어도 질리지 않는다. 그러나 그렇게 유유히 흐르기 위해서는 먼저 스스로를 다스리지 않으면 안 된다. 털끝만한 잡념이 일어도 흐름은 끊기고 만다. 오직 무심의 경지에서만 허용되는 동요童謠는 일체의 분별심을 여읜 마음자리에서만 가능한 축가祝歌다. 그러니까 단사천은, 잠시도 방관할 수 없는 허튼 생각을 끊고 오로지 근본당처의 일심만 챙기라는 강변 입정入定에의 주문呪文으로 팔만 장설을 260자로 압축한 반야심경을 더욱 바투 조인 한 마디였다.

그런데 저간의 허물과 잡것들을 훌훌 부려놓고 맨정신의 혈혈단신으로 찾아가지 않으면 안 된다는 경고일까. 공취헌空聚軒을 방문하려면 반드시 관문인 단사천斷思川을 거쳐야 하는 것이다. 오산 길 말고 옥과를 거쳐 돌아가는 길이 있긴 하지만 거기도 역시 단사천의 지류이긴 마찬가지다. 그 까다로운 우여곡절 끝에 지름길인 샛길을 굽이돌아 발길이 머문 곡성군 겸면 운교리 죽산마을. 귓속말 같은 실바람에도 자처 우는 낡은 풍경소리가 그윽한 공취헌空聚軒이 허공과 돌담 사이로 수줍은 고개를 반쯤 내밀고 있다. 채 마을을 벗어나지 못한 모서리쯤 터 잡았는데도 선뜻 동안거에 든 선방 기운이 감돈다. 청룡 백호를 다투듯 작약과 목련 두 그루가 보초를 서는 화단은 작고 조촐한 만큼이나 꾸밈과 사치를 싫어하는 주인의 단면을 읽게 한다. 고드름처럼 처마 끝을 붙들고 선 채로 간간이 바람을 불러 간지러운 매품을 파는 풍경소리는 잠시 적막을 깨우는 듯싶다가도 그 은은한 메아리가 단장의 호흡을 삼킬 때면 공취헌空聚軒은 더욱 소슬한 적막강산의 한 점 여백으로 머문다.

그러나 바람개비를 허파 삼은 굴뚝이 돌연 하늘과 땅을 중매라도 할 듯 첨성대처럼 우뚝한 뒤뜰로 몇 발자국만 잡아 돌면 반 쯤 남은 소주병이 장작 숯 위의 삼겹살 구운 냄새와 수북한 담뱃재를 거느리고 어느새 해의 다비식을 마친 일몰의 알리바이처럼 도사리고 있다. 오도일갈悟道一喝 후에도 파격을 주체 못하던 경허가 남기고 간 파계破戒의 흔적을 훔쳐보는 뒷맛이 이럴까. 두문동의 밤이슬에 취한 납의 처사가 몽중한夢中恨을 서리하러 저잣거리로 하산하여 "원효의 무애가"를 부르는 것만 같다. 그 고상한 공취헌空聚軒 나무

간판이 무색하게 아직도 술, 담배, 첫사랑 어느 것 하나 끊지 못하고 오히려 저승길 문턱까지 평생 동무삼아 끌고 갈 것만 같은 석주 형의 고집스런 일면이다.

그렇다면 굳이 편안한 도시의 가족과 그 많은 술친구를 떠나 불편한 시골의 고독에 스스로를 맡기려드는 소이는 무엇일까. 삭막하고 각박한 세상에 몇 안 남은 감상적 로맨티스트여서일까. 겉으론 강한 척 하지만 정작 누구보다도 정에 약해 마치 보채듯이 사람을 그리워하면서도 걸핏하면 무슨 억하심정처럼 훌쩍 사람을 피해 달아나는 그 불가해한 현실도피의 해답은 미친 나환자를 끌어안고 청정도량을 어지럽히면서도 행여 절간을 떠나지 않던 경허에게 묻거나, 죽장을 길 삼고 삿갓을 지붕 삼아 동가식서가숙하면서도 도무지 집에 들 줄을 모르던 방랑시인의 음유吟遊 속에서나 구해야 할 지 모른다.

나 역시 그 '낯설고도 낯익은' 불가사의의 산 증인이다. 잊어버릴 만하면 보고 싶어 미치겠다고 거친 숨결을 내뿜는 석주 형의 공취헌 연가에 아예 면역이 되고 말았기 때문이다. 그 뿐이 아니다. 어느 날 갑자기 한걸음에 달려와서는 다짜고짜 국밥집으로 끌고 가기 일쑤다. 금주선언을 한 터라 차마 대작을 못하는 내 잔에까지 일단 술을 그득 따라 놓고는 결국 그

잔까지 다 비우고 나서야 자리를 뜰 때면 덜컥 저러다가 무슨 일이라도 생길 경우 매정하게 술병을 독박 씌운 게 얼마나 마음에 걸릴까 지레 겁이 나서 울컥 코끝이 찡하곤 한다. 그러나 해 질 무렵이면 그는 언제 술을 마셨냐는 듯 특유의 굵고 컬컬한 바리톤으로 "나 시골 도착했네. 잘 있어" 라고 짤막한 안부 전화를 하는 것이다. 그제야 나는 적이 가슴을 쓸어내리게 된다. 그도 그럴 것이 불시에 친형이 가고 나서 은연중에 석주 형이 그 자리를 메워주기 시작한 터라 자라보고 놀란 가슴 솥뚜껑 보고도 놀라는 셈이다. 더욱이 그는 답답한 세상이 따분하거나 짜증이 나면 생에 대해 구차한 미련 따위 없다는 투의 독백을 천연덕스레 내뱉기 때문이다. 그런 그를 이해하는데 아래의 시처럼 유효적절한 표현은 없을 것이다.

얼빠진 놈이란 말이 생각난다. 돌아가신 어머니가 당신 성에 차지 않는 일을 하거나 못 미더운 행동을 할 때 지천하듯 나를 향해 중얼거리던, 욕은 큰 욕인데 욕같이 들리지 않는, 사람은 사람인데 사람이 아니라는 말. 허수아비처럼 머리나 마음이 텅 빈, 사람 형상을 하고 있으면서도 제대로 사람 구실 못하는 놈, 욕심도 없고 오기도 없어 자기가 누려야 할 권리

나 잇속을 챙기지 못하고 뒷전으로 밀려서 허허실실
거리는, 쉽게 말해서 바보 멍청이 같은 놈, 오늘도
보증 서준 후배 빚 독촉 받고 막소주 몇 잔에 거나하
여 못살겠다는 마누라 앞에서 실실 헤픈 웃음 웃는
나를, 어머니가 봤다면 혀 끌끌끌 차며 또 얼빠진 놈
했을까? 요즘은 정말 얼빠져 살고 싶다.

─「얼빠진 놈」 전문

디오니소스와 통정이라도 하듯 술 없이 세상을 무
슨 재미로 사느냐는 입버릇대로 납세 중에 단연 주세
가 압도적인 그에게 술처럼 끊기 어려운 습관이 있으
니 교활하고 영악한 세상의 대책 없는 호구노릇이다.
좋게 말해 사람 좋다는 말이지만 각박한 현실론을 들
이대면 당연히 "얼빠진" 가장일 수밖에 없는 그는 어
리석은(?) 현실과 허탈한 비현실의 경계를 얼쩡거리
는 주변인 혹은 이방인에 가깝다. 공적인 업무나 남의
일을 봐줄 때는 신속 정확하기 이를 데 없으면서도 정
작 자기 일에는 굼뜨고 서툴기만 하니 어머니로부터
시작된 "얼빠진 놈"은 함께 늙어가는 아내에게까지
여전히 유효한 그의 상표가 되었다. 그래도 속을 따름
속이지는 못하니 그나마 위안이지만 속아도 너무 쉽
게 자주 속으니 문제다. 그렇다고 타산이 싫고, 정이

넘쳐 웬만해선 거절을 못하는 성벽이 어디 가랴.

그러기에 석주 형은 출가와 환속을 반복하듯 공취헌空聚軒을 심심파적으로 드나든다. 주변의 속임수에 속수무책으로 놀아난 뒤 차마 아내와 얼굴 마주치기 미안해서 고개를 한 쪽으로 틀고 "실실 헤픈 웃음을 웃"다가 급기야 시골로 줄행랑을 치고 마는 것이다. 물론 "빚보증을 서"주고 후배에게 당하는 배신처럼 '얼빠진 순수'를 악용하기 일쑤인 세상에 대한 환멸이 더 큰 이유다. 그러나 그게 다는 아니다. 흐트러진 자신을 재무장도 할 겸, 생에 대한 열정과 일란성 쌍둥이인 고질적 허무를 다스리기 위한 자연친화적 고밀도 수행修行의 일단이기도 한 것이다.

홀로된 할머니와 청상의 어머니 품에서 외동아들로 자랐으니 그 귀함이 오죽했겠는가.

> 어렸을 때는 쌈꾼, 커서는 술꾼, 엄니 속깨나 썩혔는데, 죽어서까지 그 까맣게 탄 속에서 어린양하면 안 되지 아암 안 되고 말고　　　　－「豫感」부분

그는 속칭 쌍과부 댁 여자들만의 애지중지 과보호 속에서 자랐다. 이를 것도 없이 손자와 자식에 대한 두 분의 모성은 지극한 편애로 발산되었다. 따라서

작품 곳곳에 어머니의 젖가슴이 객관적 상관물로 등
장하는 각별한 모천회귀에의 갈증은 생리적으로 무
의식 깊숙이 배어 평생 그를 지배하기에 이른다. 간
혹 아우인 나에게도 뻔한 "물정" 아랑곳없이 떼를 쓰
듯 어리광을 부려대는 경우를 당할 때면 그 '유아기
적 습관'이 얼마나 뿌리 깊은가 가늠되어 자못 안쓰
럽고 숙연해지곤 한다.

> 자갈밭에 코를 묻은 고무신 한 짝이/물정 모르던
> 어린 날들의 내 기록 같아/자꾸만 곁눈질해 본다
>
> ―「物情」부분

한편 아버지의 부재로 인한 불안과, 예사롭지 않은
주변의 시선은 어려서부터 그에게 '금남의 집' 유일
한 남성으로서의 책임감을 떠안긴 탓에 한사코 흔적
없이 부성애를 자가발전 해야만 이웃이나 친구들과
자연스럽게 어울릴 수 있었다. 그리하여 그는 겉으로
강한 척하는 위악적 야성을 보호색처럼 단련해야 했
다. 다행히 타고난 완력과 순발력으로 테니스는 선수
급이고 인근에서는 상대가 없을 만큼 출중한 "쌈꾼"
일 수 있었다.

젖은 책보를 풀고 습자시간에 정성 들여 쓴 '어머
니'(다른 애들은 아버지를 썼다)를 벽에 붙여 놓고
어머니에게 자랑하려고 했는데, 책갈피에서 삐져나
온 모서리 부분이 젖어 자꾸 처지는 바람에 벽에 붙
일 수가 없었다.   ―「겨울 무지개」 부분

그러나 언뜻 호걸풍의 협객쯤으로 보이지만 내심
아버지 빈자리만큼의 위축된 외로움을 은연중에 과
잉 여성성으로 감싸주는 치마폭에 길들여져 외강내
유의 섬약한 내면을 떨치기 어려웠다. 따라서 그는
소년가장의 자기 방어적 긴장을 유지하려는 중압과,
그 무거운 짐에서 벗어나 마냥 어머니 품에 안기고
싶은 유혹이 상충하는 교차로에서 미아迷兒처럼 서성
거려야 했다. 그것이 자칫 그를 비승비속을 넘나드는
양극兩極의 두발걸이로 비치게 호도하는 것이다.

석주 형은 고향 마을 이름을 딴 "죽산竹山" 말고도
"은암隱巖", "돌 나무 주인" 등의 별호를 지니고 있다.
하나같이 강하고 곧은 상징들이다. 그런데 작업실
겸, 별장으로 사용하는 시골집 처마에는 "공취헌空聚
軒"이라고 목판 액자를 걸어 놓았다. 이를 테면 상常
과 무상無常, 집념과 허무, 강强과 유柔의 극적 겸용이
자 동거인 셈이다. 그 뿐이 아니다. 거구에서 뿜어 나

101

오는 괴력은 걸핏하면 그에게 소싯적 한가락 한 무용담을 술안주 삼게 하지만, 그 애잔한 것을 차마 깨물 수 없어서 방울토마토조차 못 먹는 여린 가슴은 그에 대한 거친 인상이 무색하게 다독인다. 산중 호랑이의 거친 울부짖음과, 이웃의 하찮은 슬픔에도 금세 눈물 그렁그렁한 다정다감 중 어느 것이 진면목인지 자꾸 헷갈리게 하는 것이다. 그처럼 그에게는 야성과 감성, 동자승과 저자거리 술꾼, 기인奇人과 현인賢人, 아니마와 아니무스가 시치미를 떼듯 공존하고 있다. 술과 정화수, 서예와 격투기, 어리광과 위엄, 원시와 문화가 혼재하는 것이다. 유난히도 이드와 초자아가 길항하며 강렬한 긴장을 조성하기 때문이다.

그렇다고 그것을 종잡을 수 없는 양면성이라거나 다듬다 만 보석쯤으로 오해한다면, 그와 그 흔한 술 대작 한 번 제대로 못한 채 숲도 나무도 보지 않고 덜렁 산을 논하는 경망의 소치이다. 요즈음처럼 변덕과 배반이 춤추는 세상에 발가벗다시피 순정한 원시적 인간미를 자랑하는 그 질박하고 진솔한 인격의 가시만 보고 꽃과 뿌리와 열매는 보지 못하는 결례인 것이다. 아마도 신이 석주 형을 세상에 내보내면서 그 다치기 쉬운 야성과 강직剛直을 보호하기 위한 보완장치로 슬며시 뜨거운 정과 유연柔軟을 곁들여 놓았다는 부

연설명이 적절할 것 같다. 일종의 비보적裨補的 전략인
셈이다. 다만 워낙 이도 저도 아닌 우왕좌왕이나 미지
근한 타협을 싫어하는 성미인지라 어딜 가나 일부러
굼뜨지 않고 스스럼없이 자기 감정에 충실한 것이 그
에 대한 일관된 해석을 혼동하게 할 뿐인 것이다.

　기형도가 이상할 정도로 젊어서 죽음의 프롤로그
에 천착했다면 석주 형은 마치 기형도가 이순이 넘어
서 새삼 재음미하는 것처럼 죽음의 에필로그에 천착
한다. 그렇기에 첫 시집『잠든 숲에 사랑을 묻다』와,
두 번째 시집『해의 다비식』은 제목에서 풍기듯 다분
히 죽음의 냄새가 나는 작품들을 많이 다루고 있다.
그리고 이번 시집『지는 꽃이 화엄이다』역시 대부분
죽음을 작품의 소재나 정경情景으로 전경화하고 있
다. 이를테면 죽음 시리즈의 완결편인 셈이다. 그가
발문을 청하면서 일차적으로 보내온 10편의 시,「花
印」,「지는 꽃이 화엄이다」,「네 곁에서 길을 잃고 싶
다」,「그림자만 울고 있다」,「파묘 자리에서」,「다시
늦가을 들판에서」,「밤차를 타다」,「豫感」,「낡은 배
낭」,「공동묘지에서 석양을 읽다」역시 쉽게 죽음을
떠올리게 한다. 그 중에서 다행히(?) 죽음과 거리가
먼 듯한「花印」과「豫感」두 편을 보자. 제목으로만
봐서는 자못 삶 쪽에 무게가 실린 어떤 간절한 기대

같은 것을 예감해도 될 것 같다. 그러나 뚜껑을 열어 보면 역시 생의 에토스가 발화한 죽음의 파토스가 짙은 음영을 드리우고 있다.

봄밤, 비는 내리고

하룻밤 인연이면 되었다는 듯
목을 턱 꺾는 동백,

기억해 달라는
말 한마디 없이
빗물 따라 가는 상여 한 채.　　　　－「花印」 전문

요즈음 죽는 꿈을 자주 꾼다. 생生이 한 구멍이듯 죽음 또한 다름 아닐 것이다.

내 어머니 3월에 죽었으니 나는 4월에 죽을 것이다. 왜냐고 자식이 부모 앞에 죽으면 불효하기 때문이다. 그렇다고 나는 효자는 아니다. 사람이 죽어 땅에 묻혀야지 어머니 오목가슴에 묻힐 수는 없지 않는가. 어렸을 때는 쌈꾼, 커서는 술꾼, 엄니 속깨나 썩혔는데, 죽어서까지 그 까맣게 탄 속에서 어린

양하면 안 되지 아암 안 되고말고

나도 그런 내가 미워 온몸 태우지
가슴도 태우고 마음도 태우고
그래도 답답하면 아예 입에다 불을 피우지
속을 태운 시커먼 연기 나는 거 보이지?

4월은 잔인한 달이기 때문에 많은 사람들 부담
없이 죽을 수 있었다. 통곡慟哭에 해가 뜨고 달이 졌
다. 장송곡을 들으며 잎이 피고 꽃이 졌었다. 그리
고 해질 녘 초라한 포구의 낡은 목선木船처럼 4월은
저물어 갈 것이다. 결국, 이 세상 4월이 사라지고 나
도 다름 아닐 것이다.　　　　　　　　　－「豫感」 전문

어려서 아버지를 잃고 차례로 할머니와 어머니를
잃었으니 새로 일가를 이루기 전까지 천애고아일 수
밖에 없었던 그의 죽음에 대한 간접 경험은 거의 직
접적이다시피 의식의 중심과 무의식의 심연을 장악
했을 것이다.
　그러나 죽음에의 자의적 경사傾斜만 있고 궁극적
반전이 없다면 그의 시는 아무리 탈속의 단순소박과
토착서정의 정감이 돋보인다 해도 일말의 결격을 지

닌 미완의 혐의를 씻을 수 없을 것이다. 그런 염려에서 다시금 시 편 편을 돌이켜 읽어보자. 우선 시집 제목의 이니셜인 "잠든 숲"과 "해의 다비식" 그리고 "지는 꽃"은 죽음에 상응하는 결말이 아니다. "잠든 숲"에 "사랑을 묻"는 생태적 갈구이며, 죽은 "해의 다비식"을 통해 새로운 내일(영원)의 일출을 염원하는 기도며, 꽃 진 자리에서 열매가 돋듯 "지는 꽃"이 "화엄"으로 부활하는 생성의 자궁이다.

애써 외면하거나 잠시 정신없이 망각할 수는 있어도 행여 죽음을 의식하지 않는 삶이란 성립되기 어렵다. 죽음은 곧 삶의 여백이자 동력인만큼 참으로 죽음을 인식할 때 삶은 한결 값지고 뜨겁고 소중한 시간의 집적으로 고양된다. 그러니까 결국 그의 죽음에 대한 시적 천착은 삶의 질과 의미를 더욱 튼튼하고 애틋하게 가꾸기 위한 환원적 담금질이다.

이어서 그는 죽음의 문턱에서 새로 태어난 삶의 일환으로 사랑을 구가한다. 죽음에 반 쯤 담근 발을 씻고 뚜벅뚜벅 시작하는 걸음걸음이 사랑이다. 그러니까 삶의 동의어인 사랑의 농도와 순도를 높이려고 그토록 절박하게 죽음을 차용한 것이었다. 원래 에둘러 가기를 싫어하는 직선적 성격처럼 그의 시는 독자를 곤혹스럽게 고문하지 않고 쉽게 다가온다. 그러나 쉬

워도 함부로 쉽지 않은 시들은 근간에 보기 드문 간곡하고 절실한 사랑의 열창들이다. 그에게 사랑은 아래의 시구처럼 늘 애절한 첫사랑이기 때문이다.

사랑도 미움도 곰곰이 생각해보면 다 그리움이다./애기똥풀 같은 그 그리움이 없다면/머릿속은 물 빠진 저수지 같다.　　　　　　　－「안개는 위험하다」 부분

강도 나도 더 이상 얼어 있을 수만은 없어/버들개지를 깨우는 봄바람에/녹아 흐르는 가슴이 되는데//사랑아! 지금은/네 곁에서 길을 잃고 싶구나.
　　　　　　　　　－「네 곁에서 길을 잃고 싶다」 부분

독하고 슬픈 기억은 비탈 같아서/늘 한쪽으로 나뭇가지를 뻗게 하듯/생각하고 싶지 않는 오래 묵은 사랑이/불담 없는 생나무 한 토막처럼 가슴속에/오래도록 매운 연기를 피워대는데
　　　　　　　　　－「기억은 단련되지 않는다」 부분

그녀에게 마음 뺏겨/내 한평생 사는 것이 홍역이었다/바쁘게 산다는 핑계로 잊고 싶었지만/낙엽지는 밤 커피 생각나듯/술 한 잔에 머리보다 가슴이

먼저 기억하는//나이 먹고 세월 흘러도/차마, 누구
에겐가 말하지 못할/나 죽어 하관 때 같이 묻혀갈/
그 마음.　　　　　　　　　　　　　　－「첫마음」 부분

회갑이 넘어서도 참 대단한 정열이요 순정이다. 이
정도는 되어야 감히 사랑할 자격이 있을 것이다. 그
러나 그에게 사랑은 단순한 이성간의 시시콜콜한 연
애질이 아니다. 그렇다면 그가 굳이 시를 쓰려고 늦
은 나이에 시골로 잠적하여 밤 잠 설치며 고생할 이
유가 없다. 그 만의 연륜에서 오는 지혜와 철학을 수
반한 열정 그리고 특유의 곰삭은 감성으로 사랑의 보
편과 궁극을 첫사랑처럼 노래한다. 그에게 사랑은 삶
이라는 진리를 완성하고 실현하는 공식이며 도구이
다. 다음 시는 그런 사랑의 구체적 진술이다.

늦가을 남해 금산 보리암

바다가 내려다보이는 큰 얼굴 바위 밑에

삭발한 긴 머리카락 묻었다는 그곳에서

그녀 처음 만났네

고행복苦行服 누비옷 속 가냘픈 팔뚝,

목탁문신 이상해 보여 물었지만

잠시 뜻 모를 미소 흘릴 뿐 말 없었네

스스로 소리 내지 못해
매로 자신의 몸을 때려 그
울음만으로
업장을 닦는다는 목탁,

문신으로 새겨 견디는 그 생生이
처연하게 허공 밖을 더듬네.   － 「목탁 문신」 전문

　그에게 있어서 생은 "스스로 소리 내지 못해/매로 자신의 몸을 때려 그/울음만으로/업장을 닦는다는 목탁"을 "문신으로 새겨 견디는" 그런 것이며, 그런 생을 또 미친 듯이 사랑하는 것이다. 돈오 후의 점수이듯 저자거리에서 일부러 매를 맞는 고독한 파계승의 삶을 뒤늦게 지켜보며 그런 경허를 분신처럼 사랑하는 석주 형에게 생도 사랑도 결코 가벼울 수 없다. 그러기에 "밟히고 밟혀 상처 깊은/흙마음으로 짓는 벽은/오래도록 고통의 뿌리가 돋지 않지요/그런 흙벽 두툼한/골방 하나 그립"(「흙벽」) 다고 노래하는가 하면, "눈 오는 꼭두새벽 산길 걷는다/태초, 인간이 살기 전/설원을 걷는 것 같아/나를 따라오는 발자국

이/불안하고 한편 대견하다/가만가만 어둠 톺아가는/발길에 와 닿는/원효사 새벽 예불 범종 소리/먼 전생에서나 들었을 법한 찬연한 그 울림!//잠든 생명들의 이마를 하나하나 짚어보며/일상에 느슨해진 삶의 내재율을/팽팽하게 조율하는 소리의 힘"(「새벽 메아리」) 을 추구한다. 그리고 "山 주인은 나무지만/정작 주인 행세하지 않네/오만가지 풀들과/오만가지 나무들이/차별하지 않고 어울리며 사"는 "백치白痴도 아니고 현자賢者도 아닌"(「相生律法」) 노장老莊의 경지에 이르게 된다. 첫사랑을 되찾듯 출발한 사랑은 마침내 사적 영역을 넘어 공적 공간 즉 자리이타自利利他의 상생이 충만한 세계로 그 외연과 내밀을 확대하게 된다. 화엄의 눈부신 경치에 다름 아니다.

아름다운 꽃을 피우고 유지하기 위하여 일상에 충실했다. 향기를 피워 벌 나비를 불러들여 주린 배를 채워주고, 보는 사람에게 웃음을 주는 것 자체가 보시라는 사실을 아는 것 과 모르는 것 사이에서 문득 꽃은 진다.

지는 꽃잎들이 조용히 땅에 내려앉는 순간 어둡던 땅위가 환해진다. 눈 감으면서 밝히는 어둠, 꽃의 마지막 보시다　　　　　　－「지는 꽃이 華嚴이다」

공취헌空聚軒 가는 길목, 단사천斷思川! 오늘도 그 곁을 지나며 압도당한다. 입속으로 그 이름을 부르기만 해도 괜히 헝클어진 머리가 우왕좌왕 뒤설레를 떤다. 갑자기 얼어붙은 입술을 뚫고 서성거리던 말들이 달아나려고 몸서리를 친다. 공취헌空聚軒 주인은 이제 그 각별한 술을 혼자 있을 때는 쉽게도 끊는다는데 나는 거기를 혼자 가며 도무지 이런저런 생각의 갈피를 종잡을 수 없다. 상류도 하류도 헤아릴 수 없는 생각의 내(川). 소란하게 제자리만을 맴도는 소용돌이. 어디서 어떻게 왔니? 그리고 어디를 가는 거니? 웬 회오리바람이 갈기갈기 물살을 흔들어 놓고 저만치 달아난다. 그러나 생각이 끊어진 자리에서 무심코 유유히도 잘도 흐르는 저 쾌도난마의 유연한 문장文章인 단사천斷思川을 통과해야만 공취헌空聚軒에 이를 수 있다. 그러니까 석주 형도 내내 단사斷思의 벅찬 시마詩魔를 앓고 있었다.

이제 그 눈에 띄게 거칠고 질긴 호흡을 공취헌空聚軒의 은밀한 심호흡으로 가다듬어 단사천斷思川을 거침없이 왕래하게 될 우리들의 석주형! 그 심미안적 육성肉聲을 껴안듯 귀를 기울여 보기로 하자. 그렇다. 지는 꽃이 화엄이다!

문학들 시선 007

지는 꽃이 화엄이다

초판1쇄 찍은 날 | 2009년 5월 15일
초판1쇄 펴낸 날 | 2009년 5월 20일

지은이 | 윤석주
펴낸이 | 송광룡
펴낸곳 | 문학들
등록 | 2005년 8월 24일 제2005 1-2호
주소 | 503-821 광주광역시 남구 양림동 24-18번지 2층
전화 | 062-651-6968
팩스 | 062-651-9690
전자우편 | munhakdle@hanmail.net

ⓒ 윤석주 2009
ISBN 978-89-92680-27-1 03810